Analyse de l'œuvre

Par Justine Aerts

Les androïdes rêvent-ils de moutons électriques?

Phillip K. Dick

lePetitLittéraire.fr

Les androïdes rêvent-ils de moutons électriques?

Phillip K. Dick

Rendez-vous sur lepetitlitteraire.fr et découvrez :

Plus de 1200 analyses
Claires et synthétiques
Téléchargeables en 30 secondes
À imprimer chez soi

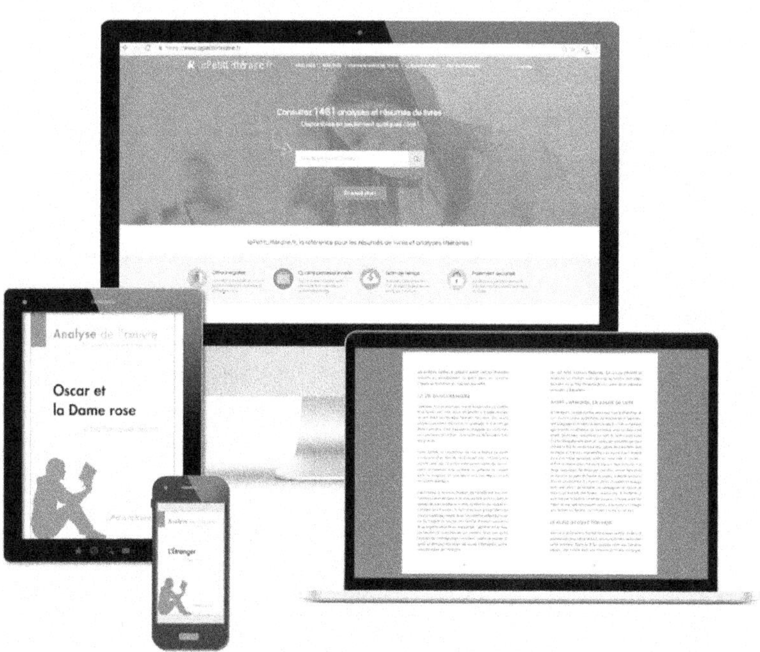

LES ANDROÏDES RÊVENT-ILS DE MOUTONS ÉLECTRIQUES ?

LE ROMAN QUI QUESTIONNE L'HUMAIN

- **Genre :** roman de science-fiction
- **Édition de référence :** *Les androïdes rêvent-ils de moutons électriques ?*, traduit de l'anglais par Serge Quadruppani, Paris, J'ai lu, 1976, p. 250.
- **1re édition :** 1966 en version anglaise, 1976 en version française.
- **Thématiques :** robot, futur, humanité, dystopie, empathie, identité

Les androïdes rêvent-ils de moutons électriques est publié pour la première fois en 1966, quatre ans après la version anglaise de *Le Maître du Haut Château* (*The Man in the High Castle*). Ce sont les recherches documentaires entreprises par l'auteur pendant des années pour ce dernier roman qui l'ont amené à penser et imaginer son roman sur les androïdes. En effet, plongé dans les documents de la Gestapo et les journaux personnels de nazis, Philip K. Dick est effaré par leur manque d'humanité. Dans une interview, il raconte sa lecture bouleversante d'un journal intime où un nazi se plaint de ne pas savoir dormir la nuit à cause des cris des enfants qui meurent de faim. Cette phrase l'a beaucoup influencé et l'a amené à réfléchir et écrire sur la notion d'empathie, qui sera au cœur de son roman *Les androïdes rêvent-ils de moutons électriques ?*

Quelques années après sa publication, le roman attire l'attention du cinéma. Il est adapté par Ridley Scott, un réalisateur réputé déjà dans le domaine de la science-fiction après la réalisation d'*Alien* en 1979. Philip K. Dick meurt cependant quelques semaines avant la première diffusion de l'adaptation cinématographique qui rend son œuvre connue du grand public et l'introduit comme source d'inspiration importante pour le monde du cinéma. Depuis sa mort, nombreuses sont ses œuvres ayant inspiré des scénarios de science-fiction, avec comme point de repère l'adaptation au cinéma connue sous le titre de *Blade Runner* (1982).

PHILIP K. DICK

LE MAITRE DE LA SCIENCE-FICTION

- **Né en 1928 à Chicago (États-Unis)**
- **Décédé en 1982 à Santa Ana (États-Unis)**
- **Quelques-unes de ses œuvres :**
  - *Le Maître du Haut Château* (1962), roman
  - *Le Dieu venu du* Centaure (1965), roman
  - *Valis* (1981), roman

Philip K. Dick est né aux États-Unis en 1928. Il est connu comme auteur important dans le genre de la science-fiction, notamment pour ses romans *Le Maître du Haut Château*, *Les androïdes rêvent-ils de moutons électriques ?* ou encore *Ubik*. L'enfance de Philip K. Dick est sombre et marque sans aucun doute sa future carrière littéraire. Né avec une sœur jumelle, celle-ci meurt alors qu'elle n'a que quelques semaines de sous-alimentation, sa mère n'ayant pas assez de lait – ou d'argent – pour nourrir deux bébés. Dès l'âge de 4 ans, il n'a plus de contact avec son père, suite au divorce de ses parents. Ces drames font de Philip K. Dick une personne anxieuse souffrant régulièrement d'angoisses et de dépression. Dans les années 1970, sa paranoïa constante le pousse à commettre une tentative de suicide.

Après un début universitaire en philosophie, il se consacre d'abord à la musique avant de se tourner vers le métier d'écrivain. Il commence sa carrière littéraire en publiant des nouvelles dans des magazines, dont la première s'intitule *L'Heure du wub* (1952). Son premier roman, *Loterie solaire*, est publié quelques années plus tard en 1955. Le succès n'est cependant pas immédiat. En 1962, Philip K. Dick écrit son œuvre la plus connue, *Le Maître du Haut Château*. Dans les années 1960, il produit une grande quantité de romans. Durant sa carrière, il écrit au total près de 50 romans et une centaine de nouvelles. À travers ses écrits, il tente de comprendre la notion du réel et de l'être humain. Ainsi, ses romans présentent souvent une réalité déformée. Les éléments autobiographiques ont aussi une grande place dans son œuvre. À la fin de sa vie, il se tourne vers un certain mysticisme, influencé par sa toxicomanie.

Si Philip K. Dick est mort sans se rendre compte de son influence sur le monde littéraire et cinématographique, il s'érige aujourd'hui comme l'une des figures majeures de la science-fiction. Un prix littéraire américain porte d'ailleurs son nom pour récompenser les meilleurs ouvrages du genre.

RÉSUMÉ

UN NOUVEAU MONDE

Après une guerre nucléaire dévastatrice, de nombreux humains ont émigré vers d'autres planètes pour échapper aux poussières radioactives qui polluent l'air et transforment les humains en « spéciaux ». Pour s'assurer que les humains restent « normaux », ils sont testés mensuellement. Pour ne pas prendre le risque d'être dégénéré, il faut émigrer dans les colonies, où chaque humain possède un androïde pour le servir. Cependant, Rick doit rester sur Terre à cause de son travail. En tant que chasseur de primes, il tue les androïdes qui arrivent parfois sur Terre après avoir assassiné leur maitre, mais les paiements sont rares. Son salaire ne lui laisse pas l'occasion d'acheter un vrai animal, comme il rêve d'en avoir.

UN MODÈLE D'ANDROÏDE AVANCÉ

Comme chaque matin, Rick, après avoir programmé son orgue d'humeur – appelé Penfield – pour agir selon une attitude pleine d'entrain à l'égard de son travail, monte sur le toit pour s'occuper de son mouton électrique. Les animaux sont devenus rares et chers : en posséder un est signe d'un haut statut social. Rick va avoir plus tôt que prévu la possibilité d'acheter un animal réel, puisque lorsqu'il arrive au bureau, il apprend que son collègue Dave Holden, qui est le plus ancien chasseur de primes à qui on confie le plus de missions, a été blessé par un androïde et doit rester à l'hôpital. Rick est chargé de reprendre son travail. Cependant, il devient difficile de distinguer les androïdes des humains. Heureusement, il reste encore le test d'empathie Voigt-Kampff : aucun robot n'a réussi ce test jusqu'ici. Son supérieur est cependant inquiet : et si le test n'était plus efficace sur les nouveaux modèles Nexus-6 ? Pour s'en assurer, il envoie Rick au siège de l'Association Rosen, fabricante des robots, pour faire passer le test à un groupe mixte d'androïdes et d'humains. Là-bas, il rencontre Rachael Rosen et Eldon Rosen. C'est Rachael elle-même qui sera le premier sujet de l'expérience.

Rick fait passer le test à Rachael en lui posant une série de questions impliquant notamment la mort d'animaux. Les réponses enregistrées par la machine semblent indiquer qu'elle est une androïde. Cependant, Eldon et Rachael Rosen réfutent ce verdict, expliquant que la jeune femme montre peu d'empathie car elle a été élevée dans un vaisseau spatial, isolée des autres. Rick ne voit aucune raison qui les pousserait à mentir, car l'invalidité du test n'est pas dans leur intérêt. Il conclut donc que celui-ci ne fonctionne plus. Il se sent piégé par les membres de l'Association Rosen, car ils auraient dû lui présenter tous les sujets et ensuite comparer les résultats avec une liste rédigée au préalable. Ainsi, Rick a enfreint le protocole et ses résultats ne sont pas valides. De plus, Eldon indique à Rick que tout a été filmé et négocie avec lui pour qu'il ne rapporte pas à son supérieur l'inefficacité du test – qui les obligerait à retirer le modèle Nexus-6 du marché. Rick doute et refait passer le test à Rachael. Il en est alors convaincu : c'est une androïde. Elle n'est elle-même pas au courant de ce statut. Il n'y a cependant aucune raison de lui faire du mal, car elle est légalement sur Terre. Rick est rassuré que le test fonctionne toujours et s'apprête à l'utiliser pour retrouver les six androïdes qui sont en fuite.

CHASSE DANGEREUSE

Il réussit rapidement à localiser Polokov et à l'abattre, mais il n'est pas passé loin de se faire tuer. Il hésite à accepter une offre de Rachael qui lui propose de l'aider dans sa mission, car en tant qu'androïde, elle pourrait approcher plus facilement les fugitifs. Il refuse cependant. Sa prochaine cible est Luba Luft, une chanteuse d'opéra. Il la rencontre dans sa loge et tente de lui faire passer le test d'empathie, mais elle s'offusque des questions et appelle la police. Lorsque l'agent arrive, il dit ne pas connaitre Rick alors qu'il connait tous les chasseurs de primes. Il emmène alors Rick au Palais de Justice pour qu'il puisse faire sa déposition, dans un endroit inconnu de Rick jusque-là. Ce dernier est interrogé par l'inspecteur Garland, qui est le prochain sur la liste des androïdes à abattre. Garland appelle un chasseur de primes de son centre de police, Phil Resch, qui ne semble pas étonné que son supérieur figure sur la liste. Cela fait des années qu'il dit qu'il faudrait faire passer plus régulièrement un test aux membres de la police.

Alors que Phil Resch s'est absenté pour aller chercher de quoi déterminer si Garland est un androïde, celui-ci explique la situation à Rick. Ils sont tous des androïdes venus ensemble de Mars et le nouveau Palais de Justice est une supercherie pour contrer les chasseurs de primes.

Resch est aussi un androïde, mais sa mémoire a été modifiée. Lorsqu'il revient, Garland tente de l'abattre, mais Resch et Rick sont plus rapides. Rick informe Resch que le bâtiment est rempli d'androïdes sans mentionner qu'il en fait également partie. Avec l'aide de Resch, Rick s'échappe.

Les deux chasseurs de primes arrêtent Luba Luft. Alors que Resch n'a aucun scrupule à tuer la chanteuse d'opéra, Rick fait preuve d'empathie envers l'androïde. L'attitude froide de Resch convainc Rick qu'il est un androïde, mais le test de Voigt-Kampff en décide autrement : il est bel et bien humain.

Après avoir tué trois androïdes de sa liste, Rick rentre chez lui et achète une vraie chèvre sur le chemin grâce à l'argent qu'il a touché. Son repos est cependant de courte durée, car à peine rentré chez lui, Bryant lui demande de poursuivre sa mission. Fatigué et pessimiste sur l'issue de la nuit, Rick téléphone à Rachael pour lui demander son aide. Celle-ci dit qu'il est trop tard et Rick lui propose de le rejoindre à l'hôtel et de partir le lendemain pour s'occuper des androïdes.

Rachael arrive avec une bouteille de bourbon, et au fil de la nuit révèle à Rick qu'elle est venue le voir, car elle doit comprendre comment les Nexus-6 se distinguent des humains afin que l'Association Rosen puisse améliorer les prochains modèles. Rachael amadoue Rick pour coucher avec elle, en lui promettant de s'occuper personnellement de Pris Stratton, une androïde physiquement identique à Rachael. La jeune femme révèle ensuite avoir eu des relations sexuelles avec plusieurs chasseurs de primes et que seul un, Phil Resch, a continué de tuer les androïdes après cela. Rick hésite à la tuer, mais n'y arrive pas. Il la ramène à l'hôtel pour continuer seul sa mission.

NOUVEAUX VOISINS

John Isidore est un spécial qui vit seul dans un immeuble abandonné. Pour contrer la solitude, il fusionne régulièrement dans sa boite à empathie. Cela consiste en une sorte de rituel de fusion psychologique qui lie son esprit à celui des autres humains à travers la figure de Wilbur Mercer, une sorte d'entité spirituelle qui gravit sans cesse une colline alors qu'on lui jette des pierres. La fusion est telle qu'Isidore ressent la douleur de Wilbur et les sentiments des autres. Wilbur Mercer est devenu une sorte de messie pour les êtres humains, qui les guide dans leur vie selon la théologie du mercerisme, dont l'idée centrale est que l'empathie est la plus grande force de l'être humain.

Alors qu'il se prépare pour partir travailler, Isidore entend le bruit d'une télévision dans un des appartements voisins. C'est la première fois que ça arrive, car jusque-là il était le seul à vivre dans cet immeuble abandonné. Il se précipite vers le bruit et frappe à la porte de l'appartement. Sa nouvelle voisine semble hésiter à lui ouvrir, craintive. Il s'agit d'une jeune fille timide qui pensait être seule dans l'immeuble. Elle est très froide avec Isidore et ne semble pas vouloir passer du temps avec lui, si ce n'est pour qu'il l'aide à aller récupérer des meubles dans les autres appartements. Elle dit d'abord s'appeler Rachael Rosen, mais change d'avis lorsqu'Isidore demande si elle fait partie de l'Association Rosen. Elle dit ensuite s'appeler Pris Stratton.

Après sa journée de travail, Isidore retourne voir Pris. Celle-ci lui parle de sa situation : elle est venue de Mars avec des amis, car ils trouvaient la vie là-bas atroce. Elle croit que ses amis sont morts, car des chasseurs de primes sont à leurs trousses. Isidore ne sait pas de quoi il s'agit et est outré d'apprendre leur existence. Il ne sait pas que Pris est une androïde. Soudain, quelqu'un frappe à la porte. Ce sont les amis de Pris, Roy et Irmgard Baty. Ceux-ci confirment que les autres sont morts. Roy pense que Polokov, Garland et Luba ont manqué de prudence. Roy s'installe dans l'appartement de Pris avec sa femme et demande à Pris d'emménager avec Isidore. Il installe une alarme pour être prévenu de la venue du chasseur de primes à leurs trousses. Isidore trouve leur comportement étrange et comprend alors qu'ils sont des androïdes. Les trois amis votent alors pour savoir que faire d'Isidore, mais décident qu'il pourra leur être utile.

Tous les quatre attendent avec impatience la grande révélation que l'ami Buster, le présentateur le plus connu, prévoit de rendre publique depuis quelque temps. Il présente la preuve que le mercerisme est une invention. Le combat de Mercer est une supercherie, car il a en réalité eu lieu plusieurs années auparavant dans un studio d'enregistrement. Pour preuve, l'ami Buster diffuse une interview d'un acteur nommé Al Jarry, qui affirme avoir incarné Mercer. Les androïdes sont heureux de cette révélation, car cela discrédite l'idée d'empathie, si importante aux humains.

RENCONTRE FINALE

L'alarme anti-intrusion retentit. Rick Deckard est arrivé dans le bâtiment. Roy Baty envoie Isidore pour jeter un œil dans le couloir. Isidore tombe sur Rick alors qu'il tente de libérer une araignée qu'il a trouvée dans l'appartement. Sans réfléchir, il lui parle des androïdes. En entrant dans le bâtiment, Rick tombe sur Mercer, qui le prévient que Pris est tapie dans l'ombre, prête à l'attaquer. Grâce à cet avertissement, il la tue avant d'être blessé. Rick n'a ensuite aucune difficulté à entrer dans l'appartement, en se faisant passer pour Isidore. Il tue alors les Baty.

Après cette chasse aux androïdes exceptionnelle, Rick est dégouté de son travail. Lorsqu'il rentre chez lui, sa femme lui apprend que Rachael Rosen a tué leur chèvre. Rick remonte dans son hovercar et vole loin de San Francisco. Dans un paysage aride, il commence à marcher. Sa marche lui rappelle celle de Mercer et, soudain, il est frappé par un rocher. Épuisé, il semble délirer et entre dans une sorte de fusion comme dans la boite d'empathie, mais cette fois, il est Mercer lui-même. Il repense aux évènements et regrette de ne pas avoir tué Rachael lorsqu'il en avait l'occasion. Dans la poussière, Rick discerne quelque chose qui attire son attention. Il s'agit d'un crapaud d'une espèce normalement éteinte. Impressionné, il emballe le crapaud dans une boite et vole jusque chez lui. La déception est grande lorsque sa femme lui fait remarquer que c'est un animal électrique. Pour apaiser son mari, elle règle l'orgue d'humeur sur l'option « repos bien mérité ».

RICK DECKARD

Rick Deckard est le personnage principal du roman, dont la majorité de la narration se concentre sur son histoire. Humain resté sur Terre après la guerre, il vit à San Francisco avec sa femme Iran, son métier ne lui donnant pas la possibilité d'émigrer vers les colonies. Il est chasseur de primes pour la police de San Francisco. Son rôle est d'abattre les androïdes arrivés illégalement sur Terre après avoir tué leur maitre et cherchant à se faire passer pour des humains. Rick est quelqu'un de très dévoué à son travail, mais voudrait pouvoir toucher plus d'argent, car son salaire habituel ne suffit pas à pouvoir s'acheter un vrai animal, comme il en rêve. Dans le passé, il avait un mouton, mais celui-ci est mort du tétanos après que Rick a malencontreusement laissé un bout de fil de fer dans une botte de foin. Son mouton a été remplacé par un faux mouton électrique plus vrai que nature, mais cela ne rend pas Rick heureux. Avoir un vrai animal est son obsession et ce qui lui importe le plus. Ses agissements tournent autour de cette volonté et il semble n'avoir d'intérêt pour peu d'autres choses, ni même sa femme.

Contrairement à d'autres chasseurs de primes, comme Phil Resch, Rick se questionne beaucoup sur son rôle et sur sa légitimité. Il lui arrive de culpabiliser sur son métier, la ressemblance des androïdes avec les humains rendant la tâche de plus en plus difficile. Heureusement, les androïdes ne passent pas le test d'empathie, car ils sont totalement dépourvus de cette émotion. Rick en est soulagé, car cela rend les androïdes froids et sans scrupule, ce qui lui permet de faire son boulot sans trop culpabiliser. En effet, il est ainsi en adéquation avec la théologie mercienne, qui consiste à ne tuer que les tueurs (mais, comme le souligne Jean-Clet Martin : en tuant les tueurs, comment ne pas en devenir soi-même un ? [2017, p. 252]). Au fil du roman, Rick s'interroge sur la moralité de son travail et ressent de plus en plus d'empathie envers les robots féminins, et même de l'attirance pour elles. Il regrette cependant vite cette attitude qui manque de le faire tuer.

<u>Le saviez-vous ?</u>

Philip K. Dick ne choisissait pas les noms de ses personnages au hasard. Ainsi, le nom du personnage principal Rick Deckard serait inspiré de la prononciation anglaise du nom du philosophe français René Descartes, dont la philosophie insiste sur la dissociation du corps et de l'âme : l'âme est une substance pensante dont seul l'humain est doté. En outre, les écrits de Descartes comparent les animaux aux machines : il sera un jour possible de créer des animaux électriques au comportement similaire aux animaux réels ; la seule différence resterait leur capacité émotionnelle. Contrairement à l'humain, l'animal n'a pas d'âme ni de raison, mais agit selon des stimuli de manière automatique. Dans « La lettre au Marquis de Newcastle », datée du 23 novembre 1646, le philosophe compare l'animal à une horloge.

JOHN ISIDORE

Isidore est le deuxième protagoniste du roman de Philip K. Dick. Plusieurs chapitres sont centrés autour de sa figure. Il fait partie du groupe d'humains appelés « spéciaux », car il a échoué au test d'intelligence par lequel chaque humain resté sur Terre doit passer une fois par mois pour s'assurer que les poussières radioactives n'ont pas atteint leur cerveau. Déclaré débile, Isidore, comme la majorité des spéciaux, vit dans un immeuble complètement désert et isolé dans la banlieue. Il travaille tout de même comme chauffeur et livreur pour une entreprise de réparation d'animaux factices, appelé la Clinique vétérinaire Van Ness. Il se considère chanceux d'avoir ce boulot et que son patron n'accorde pas trop d'importance à sa condition de spécial. Il manque de confiance en lui dans son travail et dans la vie réelle, ce qui se traduit par un bégaiement récurrent.

Isidore est un homme qui se sent profondément seul, qui trouve le vide de son appartement très pesant. C'est pourquoi il passe une grande partie de son temps à fusionner avec les autres humains grâce à sa boite à empathie. Le mercerisme est la seule chose qui donne du sens à sa vie et il accorde une grande importance à ces principes. Ainsi, la révélation de l'ami Buster sur la supercherie de Mercer l'affecte particulièrement. Il reste cependant jusqu'au bout un défenseur de la théologie mercienne.

Lorsqu'il rencontre Pris Stratton, il développe des sentiments amoureux pour elle, même s'il se rend compte après quelque temps qu'elle est une androïde. Isidore est le seul personnage du roman qui ne semble pas accorder d'importance au statut ou à la condition des personnes, qu'elles soient humaines « normales » ou « spéciales » ou un robot. Chaque personne a de la valeur à ses yeux et mérite d'être traitée avec respect. Il est un personnage particulièrement empathique.

RACHAEL ROSEN

Rachael Rosen est introduite comme la nièce d'Eldon Rosen, patron de l'Association Rosen, mais elle est en réalité un prototype du modèle Nexus-6 à partir duquel ont été créés d'autres androïdes, tous physiquement identiques à Rachael. En tant qu'androïde, malgré les améliorations des modèles précédents qui font du Nexus-6 un robot particulièrement développé et très proche de l'être humain, elle est une personne froide manquant d'empathie, tant pour les humains, les androïdes ou les animaux. Membre de l'Association Rosen, elle est légalement sur Terre et ne représente donc pas un danger pour les humains, c'est pourquoi Rick ne doit pas l'abattre lorsqu'il l'identifie comme androïde. Cependant, au fur et à mesure que le roman avance, Rachael se révèle être manipulatrice et stratégique. Régulièrement, elle couche avec des chasseurs de primes avec pour but de les rendre inaptes à tuer des androïdes. Sa technique fonctionne, sauf avec Phil Resch et par la suite Rick Deckard.

PHIL RESCH

Phil Resch est un chasseur de primes recruté par la fausse police de San Francisco. Il fait son travail sans hésitation et sans le moindre scrupule. Son manque d'empathie pousse Rick Deckard à croire qu'il est un androïde, mais cette hypothèse est contredite par le résultat du test d'empathie. Pourtant, tout laisse à croire que c'est bien un androïde : sa froideur, son manque d'émotion et de scrupule. Cela fait de lui un personnage très ambigu. L'importance de son personnage réside dans le fait qu'il permet de montrer la confusion d'identité entre androïde et humain. Cela démontre qu'un humain peut avoir les caractéristiques mentales d'un androïde et qu'il est donc possible que l'inverse soit vrai également.

WILBUR MERCER

Mercer est une figure importante dans la vie des humains sur Terre et dans les colonies. À travers la boite à empathie, ils fusionnent avec lui dans une sorte de rituel qui leur permet de ressentir les émotions des autres. Il représente une sorte de messie qui les guide dans leur vie quotidienne selon la théologie du mercerisme. Le principe fondamental de cette pensée est que l'empathie est la force la plus importante de l'être humain – et par ailleurs ce qui les différencie des robots. Cependant, le mercerisme n'a pas vraiment de règles et est quelque peu contradictoire. Ainsi, dans une fusion avec Mercer, Rick comprend qu'il est impossible de vivre une vie morale, car l'humain doit agir mal même s'il ne le souhaite pas : c'est la condition de la vie. Finalement, Mercer est démasqué par l'ami Buster comme étant un imposteur, car il n'est en réalité qu'un personnage incarné par un acteur prénommé Al Jarry. Cependant, tous n'abandonnent pas le mercerisme. C'est le cas de John Isidore qui continue de croire en ces principes même si le personnage en lui-même est faux.

CLÉS DE LECTURE

RÉALITÉ, ILLUSION, IDENTITÉ

L'un des thèmes centraux du roman *Les androïdes rêvent-ils de moutons électriques ?* et de la majorité des œuvres de l'auteur américain Philip K. Dick est le questionnement de la notion de réalité et de l'identité humaine. Dans un discours prononcé en 1978 intitulé *How to build a universe that doesn't fall apart two days later*, l'auteur déclare que son souhait en devenant écrivain était de répondre à la question qu'il se pose constamment : qu'est-ce que la réalité ? Après une trentaine de romans, il ne sait cependant toujours pas ce que signifie la réalité.

Cette préoccupation est présente tout au long du roman. Pour aborder ces thèmes, Philip K. Dick entremêle le réel et l'irréel, avec notamment les androïdes qui se font passer pour des humains. Malgré leur conception robotique, presque plus rien ne les différencie en réalité des êtres humains si ce n'est leur capacité empathique que seul un test basé sur les réactions physiques à des questions précises permet de jauger, mais celui-ci est finalement basé sur une interprétation humaine subjective. Ils sont si semblables que seule une analyse des ossements peut ensuite confirmer de quelle espèce il s'agit. Ainsi, Philip K. Dick crée des mondes et des êtres irréels qui viennent se confondre avec le monde humain, de telle manière qu'il est difficile de les différencier.

L'Association Rosen travaille dur pour que les androïdes ressemblent de plus en plus aux humains, même s'ils savent que cela comporte des risques. Ils justifient leur travail par le fait que si ce n'est pas eux, quelqu'un d'autre y travaillera. Ainsi, dans le monde de *Les androïdes rêvent-ils de moutons électriques ?*, l'identité des personnes est constamment remise en doute, car on ne sait jamais s'ils sont réellement humains ou s'ils prétendent simplement l'être. La confusion est telle que les personnages du roman arrivent même à douter d'eux-mêmes. En effet, la mémoire des androïdes peut être modifiée et il arrive régulièrement que certains androïdes ne soient pas conscients de leur condition, persuadés d'être humains. Ainsi, l'identité des personnes est tellement questionnée que certains humains finissent par se demander s'ils ne sont pas eux-mêmes des androïdes. C'est le cas, comme nous l'avons mentionné dans l'étude des personnages, de Phil Resch. De plus, le test le déclare humain. Il manque pourtant cruellement d'empathie, une caractéristique spécifique aux humains qui permet de les différencier des androïdes. Quelle différence existe-t-il finalement entre les humains et les androïdes ? Les chasseurs de primes poursuivent les androïdes pour les tuer, car ils ont tué un humain... Cette confusion entre humains et androïdes soulève plusieurs questions qui sont au cœur du roman de Philip K. Dick. Les androïdes sont-ils vivants ? Sont-ils dangereux pour l'humanité, ou l'humanité est-elle dangereuse pour les androïdes ? Ainsi, *Les androïdes rêvent-ils de moutons électriques ?* s'interroge sur la condition humaine, sur la notion de bon et de mauvais, sur le réel et l'irréel.

La confusion entre les humains réels et les robots peut être mise en parallèle avec la même confusion qui existe dans le monde animal. En effet, posséder un animal en chair et en os est une preuve de haut statut social, car les animaux sont devenus tellement rares qu'ils coutent très cher. Ainsi, il existe de nombreuses contrefaçons, qui sont parfois très difficiles à distinguer des animaux réels – de la même manière que les androïdes sont difficiles à distinguer des humains. Ainsi, le voisin de Rick est stupéfait d'apprendre que son mouton est électrique, Rick confond la chouette et le crapaud, pourtant deux espèces éteintes, avec des vrais, et Isidore, au contraire, pense qu'un chat est électrique alors qu'il ne l'est pas. Dans ce dernier cas, la femme du propriétaire commande même un faux animal pour remplacer le vrai et faire croire à son mari qu'il s'agit bien de son animal de compagnie.

Une autre manière de questionner la réalité dans *Les androïdes rêvent-ils de moutons électriques ?* est par la présentation d'un monde alternatif. Ainsi, depuis leur appartement et par le biais de la machine à empathie, les personnages entrent dans une sorte de transe qui les emporte dans un rituel de fusion avec une figure spirituelle connue sous le nom de Wilbur Mercer, qui grimpe une colline et reçoit des pierres. La fusion est telle que les personnes qui participent au rituel peuvent être blessées par ces pierres, ressentir la douleur ou même mourir d'un arrêt cardiaque. Leur présence dans le monde de Mercer se mêle à la réalité au point que Mercer apparaitra à plusieurs reprises pour parler à Rick notamment et celui-ci confondra même son identité avec lui, persuadé d'être devenu Mercer.

À la fin du roman, l'ami Buster révèle que Mercer et son combat ne sont qu'une supercherie : tout est faux ! Al Jarry est un acteur qui incarne un personnage et les pierres reçues ne sont que des morceaux de caoutchouc synthétique, le sang du ketchup. Certains continuent cependant de croire au mercerisme, comme Isidore, ou même Rick, qui questionne directement la notion de réalité en affirmant que Mercer ne peut être faux que si la réalité elle-même est fausse. Ainsi, on peut argumenter qu'à travers le roman, Philip K. Dick avance l'idée que la réalité n'est en fait qu'une question de perception.

L'IMPORTANCE DU MONDE ANIMAL

L'importance de l'animal, qu'il soit électrique ou réel, est centrale dans le roman *Les androïdes rêvent-ils de moutons électriques ?*, comme le met d'ailleurs en avant le titre. La comparaison à l'animal joue un rôle central dans la définition de l'être humain, qui se trouve au cœur de la réflexion du roman. En effet, le roman ne définit pas uniquement l'humain dans son opposition à l'androïde, mais également en le comparant à l'animal.

Dans le monde futuriste de *Les androïdes rêvent-ils de moutons électriques ?*, les animaux ont presque tous disparu. De nombreuses espèces sont en voie d'extinction ou n'existent déjà plus. Leur rareté les rend sacrés aux yeux des humains et de la théologie mercienne. Tout le monde veut posséder un animal, car c'est un signe de richesse économique et sociale. Ainsi, l'obsession de Rick et des autres personnages pour les animaux ne provient en réalité pas d'un amour authentique pour le monde animal, mais bien d'une volonté d'être en possession d'un bien d'exception. Pourtant, s'occuper d'un animal – même si cela relève plus finalement d'une pression sociale et d'une question de prestige – est, dans un monde peuplé de robots, une preuve d'humanité. C'est d'ailleurs l'animal qui est au centre de la plupart des questions posées lors du test Voigt-Kampff pour analyser les réactions empathiques des personnes et déterminer s'ils sont humains ou androïdes. En effet, l'impossibilité pour les androïdes de ressentir de l'empathie, que ce soit envers les autres androïdes, les êtres humains ou les animaux, est ce qui les distingue des humains. Ainsi, on peut remarquer les différences de réactions entre les androïdes, qui mutilent sans remords les pattes d'une araignée ou poussent une chèvre du haut d'un toit, et l'attitude des humains face à ces mêmes animaux. Cependant, si Isidore, par exemple, semble sincèrement empathique avec l'araignée, boule-versé par le traitement que Pris en fait, d'autres réactions face à la mort d'un animal semblent moins altruistes. Le désarroi d'Iran face au décès de leur chèvre relève sans doute plus de la perte sociale qu'implique la mort de l'animal plutôt que de l'empathie envers celui-ci.

PHILIP K. DICK ET LE CINÉMA DE SCIENCE-FICTION

L'influence de Philip K. Dick dépasse le cadre de la lit-térature : c'est un véritable cinéma dickien qui existe aujourd'hui. Si l'auteur américain n'a jamais vu une adap-tation cinématographique d'une de ses œuvres avant sa mort, il est aujourd'hui considéré comme une influence majeure sur le cinéma de science-fiction. L'écrivain français Etienne Barillier parle même de sous-genre cinématographique pour parler du cinéma dickien (2019 : 239). Dans cette catégorie, on trouve pas moins d'une quinzaine d'adaptations cinématographiques d'un roman de Dick – un chiffre voué à augmenter au fil des années –, mais également toute une série de films qui s'inspire de l'univers et des thématiques abordées dans l'œuvre de Philip K. Dick, ce qui fait de lui l'écrivain de science-fiction le plus adapté au cinéma. Parfois, ce sont même les adaptations au cinéma des livres de l'auteur américain qui influencent la création de nouveaux films, ainsi indirectement inspirés de l'univers de l'écrivain. Rien d'étonnant d'après le spécialiste Etienne Barillier, puisque ses écrits sont porteurs d'idées fortes qui peuvent facilement être transposées de la page à l'écran (confusion du réel, paranoïa, technologie, etc.).

L'influence cinématographique de Philip K. Dick commence en 1982 avec la sortie au cinéma de *Blade Runner*, un film de Ridley Scott inspiré du roman *Les androïdes rêvent-ils de moutons électriques ?*, qui reste aujourd'hui « le chef-d'œuvre à l'aune duquel on compare toujours toutes les adaptations de Dick » (Barillier 2019 : 177). Après le succès du film, suivi d'une autre adaptation réussie de la nouvelle *Souvenirs à vendre* (1966) intitulée *Total Recall* en 1990, le nom de Philip K. Dick est devenu une référence dans le domaine de la science-fiction. Pourtant, le film diffère grandement de l'œuvre littéraire. Rien d'étonnant lorsque l'on sait que Ridley Scott n'a même jamais lu le roman dont est tiré son film. Si *Blade Runner* s'est avéré un succès indéniable, il aura fallu des années, plusieurs scénarios et plusieurs directeurs pour que le film sorte finalement sur écran. Ainsi, Ridley Scott a travaillé directement sur les scénarios précédents, plutôt que sur le livre de Dick, ce qui explique le grand nombre de divergences avec le roman. Pourtant, Dick, qui n'a pu voir que quelques minutes du film en avant-première avant de mourir, reconnait son univers dans la production de Scott.

Contrairement au livre, dans lequel l'intrigue se déroule dans un San Francisco aride et désert en 1992, le film projette à l'écran un Los Angeles surpeuplé en 2019, pluvieux et inondé de publicités digitales géantes. Si certaines choses restent fidèles au roman – comme le départ vers les colonies, la cohabitation entre humains et androïdes, le désespoir de l'humanité –, d'autres n'apparaissent pas. On notera particulièrement l'absence de la boite à empathie et du mercerisme, qui prend pourtant une place importante dans le roman. Cela n'empêche pas le film de présenter le parcours moral de Deckard, comme l'argumente Barillier (2019 : 181). Par ailleurs, une intrigue importante du film est la question sur l'humanité de Deckard : est-il humain ou un androïde ? Plusieurs indices sèment le doute tout au long du film sans qu'aucune réponse définitive ne soit apportée à la question. Dans le roman, en revanche, Deckard passe le test Voigt-Kampff qui dissipe le doute. La question de l'humanité est davantage au cœur du film que du roman, car les androïdes de Blade Runner ne sont pas les robots froids et sans cœur décrits dans le livre, mais ont soif de vie. À l'image de l'homme, les androïdes dans le film sont capables du meilleur comme du pire.

En plus des adaptations des romans, de nombreuses œuvres cinématographiques incontournables dans le domaine de la science-fiction portent indéniablement la marque de Philip K. Dick. Citons par exemple la trilogie Matrix (1999-2003), mettant en scène un monde où la réalité s'avère être une illusion créée par des robots pour dominer l'humanité, qui rappelle les thèmes de l'hallucination, de la confusion entre illusion et réalité qu'on retrouve constamment dans l'œuvre de Dick, particulièrement dans *Ubik* (1969) ou encore *L'œil dans le ciel* (1957). Enfin, l'influence de Dick ne s'arrête pas aux portes du cinéma, mais il marquera également le théâtre, la télévision, les jeux vidéos et même la musique...

<u>Le saviez-vous ?</u>

Les androïdes rêvent-ils de moutons électriques est aussi connu sous le nom de *Blade Runner*. En effet, après le succès de l'adaptation cinématographique du roman de Philip K. Dick par le réalisateur américain Ridley Scott en 1982, l'œuvre littéraire a été rééditée sous un autre titre pour faire référence au film.

PISTES DE RÉFLEXION

QUELQUES QUESTIONS
POUR APPROFONDIR SA RÉFLEXION...

- Comparez le personnage de Mercer à l'ami Buster. En quoi peuvent-ils être considérés comme semblables ?

- Que signifie, selon vous, le titre original du roman ?

- Dans quelle mesure peut-on affirmer que Rick Deckard n'est pas un androïde ?

- Quelles comparaisons peuvent être faites entre le monde humain et animal dans le roman ?

- Que symbolise l'organe d'humeur dans le roman ? Que cela signifie-t-il pour l'être humain ?

- Comment interpréter l'épigraphe citant Reuters ? Quelle est sa pertinence pour le roman ?

- Quelles caractéristiques propres au genre de la science-fiction sont présentes dans le roman ?

- Que représente le symbole du mouton ?

POUR ALLER PLUS LOIN

ÉDITION DE RÉFÉRENCE

- Dick P.K., *Les androïdes rêvent-ils de moutons électriques ?*, traduit de l'anglais par Serge Quadruppani, Paris, J'ai lu, 1976, p. 250.

ÉTUDES DE RÉFÉRENCE

- Barillier E., *Le guide de Philip K. Dick*, Chambéry, ActuSF, 2019.

- Cousin V., *Œuvres de Descartes, tome neuvième*, Paris, Levrault, 1825.

- Dick, F., *The shifting realities of Philip K. Dick: selected literary and philosophical writings*, New York, Pantheon, 1995.

- Dick P.K., *Blade Runner. Les androïdes rêvent-ils de moutons électriques ?*, Paris, J'ai lu, 2014, p. 282.

- Dick P.K., *Philip K. Dick: The Last Interview: and Other Conversations*, edited and with an introduction by David Streitfeld, Brooklyn, Melville House, 2015.

- Farrell H., « Philip K. Dick and the Fake Humans », *Boston review*, 2018. URL : https://bostonreview.net/articles/henry-farrell-philip-k-dick-and-fake-humans/ [consulté le 29/11/2021].

- MARTIN J-C., *Logique de la science-fiction : de Hegel à Philip K. Dick*, Bruxelles, Les Impressions nouvelles, 2017.

- VINT S., « Speciesism and Species Being in "Do Androids Dream of Electric Sheep?" », *Mosaic: An Interdisciplinary Critic Journal*, Vol. 40, N° 1, March 2007, pp. 111-126.

ADAPTATIONS

- SCOTT R., *Blade Runner*, d'après *Les androïdes rêvent-ils de moutons électriques ?*, 1982.

- VILLENEUVE D., *Blade Runner 2049*, suite du film de 1982, 2017.

- BLADE RUNNER, Westwood Studios, 1997 (jeu vidéo).

Votre avis nous intéresse !
Laissez un commentaire sur le site de votre librairie en ligne
et partagez vos coups de cœur sur les réseaux sociaux !

lePetitLittéraire.fr

- un résumé complet de l'intrigue ;
- une étude des personnages principaux ;
- une analyse des thématiques principales ;
- une dizaine de pistes de réflexion.

Retrouvez
notre offre complète sur
lePetitLittéraire.fr

L'éditeur veille à la fiabilité des informations publiées,
 lesquelles ne pourraient toutefois engager sa responsabilité.

www.lepetitlitteraire.fr

ISBN version numérique : 9782808026796
ISBN version papier : 9782808026802
Dépôt légal : D/2021/12603/180

Conception numérique : Primento,
le partenaire numérique des éditeurs.

www.ingramcontent.com/pod-product-compliance
Lightning Source LLC
LaVergne TN
LVHW010841200726
843508LV00012B/2696